国家出版基金项目
NATIONAL PUBLICATION FOUNDATION

这里是新疆丛书

童年的山

李荣珍 ◎ 著

新疆文化出版社

图书在版编目（CIP）数据

童年的山 / 李荣珍著. — 乌鲁木齐 : 新疆文化出版社, 2024.6
（这里是新疆丛书）
ISBN 978-7-5694-4330-1

Ⅰ.①童… Ⅱ.①李… Ⅲ.①诗集－中国－当代 Ⅳ.①I227

中国国家版本馆CIP数据核字（2024）第015012号

童年的山
TONG NIAN DE SHAN

著　者 / 李荣珍

出品人	沈　岩	责任印制	刘伟煜
策　划	王族　王荣	装帧设计	李瑞芳
责任编辑	杨馨仪	版式制作	田军辉

出版发行　新疆文化出版社有限责任公司
地　　址　乌鲁木齐市沙依巴克区克拉玛依西街1100号（邮编：830091）
印　　刷　永清县晔盛亚胶印有限公司
开　　本　787 mm×1 092 mm　1/16
印　　张　11
字　　数　53千字
版　　次　2024年6月第1版
印　　次　2025年1月第2次印刷
书　　号　ISBN 978-7-5694-4330-1
定　　价　33.00元

序

文字是另一个家

父亲的菜园里种着一片百合。我想移栽几棵,父亲说:"树叶这会还没落,百合的气还没收缩到根上,不是挖的时候"。等到秋风刮起,榆树、杨树的叶子覆盖田埂,百合的生气退回到沉睡里,从一个地方栽到另一个地方,春天发芽便浑然不觉。

百合真的能够浑然不觉吗?

小时候西院墙是太行山,稍大一些南院墙是天山。从爷爷的宅院到父亲的菜地,隔着三天三夜的火车,我是一路睡过来的。那年我十岁,不知何为家乡、异乡,只对远方充满好奇。几年后,爷爷奶奶也从老家河北保定搬到了新疆沙湾,直到凋零散尽。

我在接近爷爷离开老家宅院的年纪,开始慢慢去感受一场搬离给他带来的不舍。这时才发现,小时候不明白而后来被无数次感动的所谓故乡、异乡,都是别人的。在作家们的小说里,在爷爷表情的沉默里,属于我的故乡、异乡,错乱又迷茫。我在树叶需要落地的时节才开始寻找心灵的归宿。

　　屋内的长夜,用电脑屏幕上的文字照亮房间。文字是另一个家,文字的长路延伸至屏幕外和村子里的各种声音交织在一起。

目 录

第一辑

童年的山

童 年 的 山

童 年 的 山

小时候母亲抱我站在院门口
向南望去
天山就在路的尽头守候
远远的如一面南院墙

把我挡在院子里
像老祖母一样怕我跑远

多少次想翻越过去
到山的那边
又一次次返回

天山始终在童年留守

是否一出生就被限定？
这道顶着天的南院墙
是否有一个石头和松树枝搭的柴门
我一直没有找到

致　歉

我要等太阳的光芒把灰云散开
天空蓝到通透

我要向众山
积雪　松林
包括天空的浮云
致歉

与你们相见
却无法用语言说些什么
一个人
握住一块岩石
摇动松枝

在你们的注视里
瞬间把我的目光送到山峰之上
我回到了小时候
紧紧地抓住母亲的手
不敢说出一句话

遇见放牧人

迎面的放牧人
能否让我骑上一匹马
同你一起跟着牛羊
到草场上去

春天
山坡的积雪仍残留着
在旷野
我们还不能把棉帽摘下

不赶时间
就随着它们的脚步走
来到住地
让熟知的步调惊醒每一株草

你看太阳还在山顶
就让那些牛羊再卧一会儿
在这样的安静里
我想把目光放在它们的眼神中沉睡

空 山 静

咫尺间站立
我的目光里有十五匹马
它们目光里只有我一人

天空灰暗
我们对望着寂静
驻足
或许东北角出现的那道橘红色的云带
能让天空晴朗
头顶的云已经向东移动

我向西行
身后没有一声嘶鸣

众山静立

一棵柳树的春天

你说
柳树已经发芽
走向前握住一根枝条
如同相见握住你的手
我想划开那层薄薄的树皮
把春释放出来

深深地呼吸
让气息在心里畅游
我要拥有一棵柳树的春天
摘下一朵盛开的柳花

眼　　前

我的眼前
松树在众山中连绵
远方是深邃的绿

两山之间

几朵白云落在山口

山顶白色的雾气缓慢地向东移动

乌云遮住的太阳

隐约被我看见

山鹰在哪里？

只有风声吹得清晰

一只野鸽落在地面

另一只站立在黑色的木杆上

走近　鸽子叼起一片绿色的树叶飞到别处

牛群站立在辽阔的草场

我在寂寞中看着它们的寂静

一条叫101的路

一只狗在路边愣愣地站着

一匹马漫不经心从路中走过

这条路从群山中穿过

有着山一样的连绵起伏

经过加肯加尕村
太阳已经出来
照亮山坳里的小村庄
松林不再是阴暗的绿

村庄没有一个人
牛儿静静地嚼着干草
远山的雪格外耀眼
白云浮动

隐在山后的村庄
就这样一次又一次
被过客的目光带走

冰沟的雾气

灰蒙蒙的底色里
冰沟是清晰的

远处的天山终年披雪
眼前的群山雪已融化

褪下白雪的松林幻化着它的绿
黄褐色的土山　干枯的草
沟底的流水
连绵在一起

不知道整座山有谁在
这个下个冰沟只有我一人
与众多石子一样
摆放在路上

赶往春天的气息有些急
雾气如炊烟般向北流动
呼呼的风　穿过一个又一个山口
风声是否为雾指引方向？

我想找一座山爬上去
看看没有根的雾气
从哪座山上升起

不曾见过雾气流动得如此迅速
风把它们从地面上扬起
顷刻把冰沟填满
同一时刻弥漫整片山林

夜里雾气或许会变成霜挂满松枝

或许被清晨的阳光扫散

在它们变幻的世界里

我只是一个观望人

向东穿过茫茫雾气

没有走完的路

明天再走

村 庄 的 狗

几只狗守在路口

像是山村的守卫

大声向我狂叫着

见我走进月娟家

便无趣地散去

院子里的狗扯着铁链吼叫

羊也随着动了起来

我蹲下

狗拿眼角瞟我

又快速地把目光移开

如同小孩子对生人的拘谨羞涩

嗓子里的叫声憋了回去

压抑着回到窝里

我们不需要一场对话

两种声音

也许是一种思维

从目光里分得清喜悦和不快

在月娟家住了一宿离开时

狗还是生硬地叫了两声

门外的庄稼地湿乎乎的

要等些时日才能下种

一座山里　一个小村庄

村子里的各种声音

都被土地承载

我们在大地上都有一席之地

一样的天空笼罩

不再形单影薄

走回家的羊

那年雨少　羊没草吃
牧人不知道把羊群往哪里赶
羊群和牧人的脚步慌乱
暮色里
玉娟家的门口
老绵羊带着小羊
从五公里外的草场找回家

天山巨大的影子落在山村
与黑夜重合
圈里的羊在等灯熄灭
它们站着睡觉
整夜不闭眼

村庄里一半是人
另一半是羊
只有狗和大鹅的声响在梦外

牧人说起羊
像是在说另一个自己

喀拉巴斯陶村的清晨

不是启明星破晓
不是晨曦微露
是狗的叫声
中断你的睡梦

布谷云雀在窗后的老榆树上叫
公鸡从远远近近的院落打鸣
羊的咩咩声在村庄的上空起伏
它们用声音相伴在每一个清晨

东南方一座山
把群山挡在后面
留下了这片平整的土地

山上一层薄薄的雪
像是中年人内心隐藏的最后一抹羞涩

灰色的天空　　灰色的浮云
还有从窗户透出的灯光

炊烟弥漫

一个人拄着拐杖
脚步声不协调地踩响
不能赶羊去草场
黯然神伤

我拖着长大的影子
在村子里转一圈
像小时候一样
满身留着羊的气味

夜宿喀拉巴斯陶村

我需要这个春天的寂静
在山村的夜晚
心一直往下
沉到最初

那么冗长的记忆
静静地翻卷
不会惊动院子里的狗

屋角苏醒的虫子
看见也不会作声

十九岁那年
与老人在村子相遇
屋里没有桌子
我伏在一把椅子上
老人瘦小的身子坐在木床边
我把她的话
写在一张纸上
寄给远在四川的儿子

今晚没有月亮　没有星星
杳无音信的旧日
在深夜沉静出来

初　　见

没有牧人看守的羊群
站立在荒草的四月
观望春风

我走之后
众山在记忆里排列
一点薄雪
交给春天

草根开始发白
再次相见
一场绿
我们只是初见

大地向谁敞开

向南
这是一条童年幻影里走不出的路
向南
我登上一座山
看另一座山

沿着时间
沿着路
在天山面前徘徊

第二辑

母亲 我在您哪首诗歌里

母亲 我在您哪首诗歌里

母　亲

雨夜
您要到哪里去
从我的梦中路过

黎明
留在记忆
是一场与您无言的相见

您知道吗
来过我的梦

梦外的雨滴连绵着天空
也连到您的那边

月光下的踌躇

母亲　今晚月亮里看得见山影
我们到月光里去

静静地坐在土坡
这片夜是您和我的
什么也不用说
我们隐约闻到沙枣花的香

我握着您的手
血液涌向指尖
温暖在我手里

您的目光看向我
柔软如同月色
母亲　我看到
您眼睛里的我

没有风的月夜

两只大白鹅扇动着翅膀

黑狗在西院墙下阔步

一只老鼠惊动它们

守候的窗　透出昏暗灯光

您的母亲在煤油灯下摇着纺车

您安睡在她的背影里

如同此时的我一样

依偎在您的身边

池塘里的荷叶托着月亮

月影被水面皱起的波纹推过

青蛙连片的叫声直到黎明

我们走吧

月光一直照到家门口

想您　母亲

我们就坐到月光里

母亲　我们去暮色里

五月第一声响雷
落在院里的榆钱被风卷起
凌乱中归家
匆忙的脚步
看到坐在窗边的母亲
雷声是否能听得清

我和母亲走进暮色
她的时光与我的时光
合并

榆钱落了我们一身
母亲的暮年里
我是她眼中哪朵
摇曳不曾落下的花

月光照亮了白发
如同春天飘动的柳条

街角橱窗中的人

注视来往
母亲　我们到霓虹灯下
变成五颜六色

母亲　我在您的目光里停留

母亲沉默地看着窗外
一场又一场的雪

窗前的那条小路
来往的人不知道　有一双目光
注视着他们

院子里没有树
没有鸟停下
天空中盘旋而过的鸽子
是否让她想起
祖父的那群白鸽

夜里您看不到月亮
在月光里看着模糊的人影
母亲说起一个遥远的梦

梦里生长着好看的花
您说　有一朵是我

下雪了
打开窗让雪花飘进来
像看到了熟悉的样貌

春天来了
您坐在路边的长椅
看着人来人往
我们找去
同您一起看
如同一棵老榆树
您所有的记忆
如同盘结在土里的根

放慢脚步
我在母亲的目光里走过
仰起头接住您的目光
片刻时光被我们拥有
连同院子里一大片阳光

去棉田

摘上几朵棉花

回到岁月的云端

是您最满足的时候

母亲老了

看过的人

一个背影也不曾留下

夕阳落下

我又向暮年靠近了一天

倚坐在窗前

我知道母亲在看什么

腊　　八

母亲的奶奶告诉她

明天是腊八

当年丰收的五谷

放在祖父烧制的瓦盆中

奶奶温热的手在水里淘洗

浸泡一夜

寒冷的天

躺在奶奶的身边
夜是暖的

村里没有打更声
看着天色生火起灶
一堆柴　一根根燃尽
麦谷的香通过热气从窗缝溢出

袅袅的炊烟
看得清谁家还在熬粥

沿着门前的路
母亲和奶奶走到村西渠边
摊开碗里的谷粮
放在天地间
任由寒风吹打

冰雪覆盖着麦地
那碗还是要盛起
来年的收成

母亲熬好的粥
大寒里抵挡得了几度寒冷

窗　外

窗外
母亲倚窗而坐
她的目光
被对面的高楼挡住

天空的白云
母亲能否看清楚
进屋时
母亲说看见你了

说起最远的事
她父亲养过两只大白鹅

屋里寂静无声
母亲依然倚窗而坐
只有我的模样她最熟悉
进屋时
母亲说　看见你了

我们闻过五月的花香

抬头看看窗
母亲没有坐在窗前
窗台摆放着鱼缸
母亲没有说其他的话
只是说五条鱼的事

沙枣树长在哪里
一股风把花香吹进屋
外面十几株玫瑰
有段时光
母亲和它们一起在阳光里度过

母亲　我们坐到屋外去
您给我说说这些花的事
白色的蝴蝶从我们的眼前飞过
落在那朵粉红色的花瓣上
同我们闻着花蕊的香

夏日　我也想如花这般
在您的眼前喧哗

把棵棵油菜晒干

五月
失落的油菜籽
随着春风洒落一地
母亲在地边收拔
蝴蝶在她的手边飞舞
一只白色的蝴蝶在她肩头落下
母亲像一朵油菜花
安静地等它离开

油菜打着黄色的花苞
晾晒在阳光里
风整日吹
轻飘飘的
只有风和阳光的重量

水还原了野油菜的春天
山风、阳光充盈在饱满的枝叶
或许是听过蝴蝶的歌唱
或许是在离天山雪最近的地方生长
或许是母亲的手留下的温热

又或许我们站在油菜地太久
说不清是春天的哪般味道

明年五月
还是那片野油菜

日　子

母亲站在窗前
窗外阳光很好　人很多
像是约好了一样

朵朵白云
在没有风的天空
悠然飘浮着

院子里的小孩
踩着滑板车
累了便坐在一起说话

一只黑鸟从眼前一晃
落在树上

阳光照着院子里的人
天空让目光看得遥远

在屋里
我们等着玉米面发起
透过漫漫岁月的口味
想用双手接住

那些执念的虫儿苏醒
一场雪漫天落下
埋在土壤里的春天
又蛰伏

隔着门的脚步声
母亲听得出
谁来了

冬至与母亲对白

"过了冬至白天会长出一针脚"
母亲用拇指与食指比画

"比这长"
"用尺量有五公分"

"不知这么长是如何得到"
"传下来的老话"

阴天刮着西北风
太阳落在云端
薄薄的一层雪
像白色的尘土

母亲半寸半寸地捏饺子皮儿
今晚可以短一针脚入睡

只 道 平 常

我在母亲的目光里走动
抹去桌上的灰尘
母亲说着话
坐在靠窗的椅子上

关上屋门

母亲收回的目光
看着开了上百朵的蝎子莲

院子里的雪扫干净了
母亲　我们约好
带您去田野看大雪

背

伏在母亲的背上
她替你走剩下的路

有些事都已记不起
母亲老了
像是回到蹒跚的儿时
眼睛看过的路
脚却走不过去

需要你的背时
她不安起来

第三辑

谁在旧情绪里徘徊

谁在旧情绪里徘徊

走 远 的 人

从一个胡同走到另一个胡同
路上歇息的人看到了
一个村外人

我从他们的目光中走过
不敢迎上前
与他们交谈

是那个从胡同跑回家的小姑娘
漫漫时光

一瞬间里

多少人被提起

站立在空旷村口的斜阳中

一个疲惫身影

我知道身后的目光

一直看着

我知道纷纭往日

一直对我张望　　而我

不敢回头

有 人 去 了

一地的荞麦皮

堆在街口

没有北风吹起

她们说起

进福的娘

灰蒙蒙的天

村外唢呐声远去

飘起的纸片落了一路

最后的目光看向谁

光　亮

满满一房间的灯光
空白着

我的呼吸
沉浮着
思想都不能在空隙里生长

盘结在屋角的网
蜘蛛会去哪里
门缝透出一道光影

老　屋

隐蔽在哪块基石下
目光支撑着
倾斜的屋梁

让哪块青砖

哪片缺角的瓦片
把话带进去

断了烟火的屋顶
仍是黑亮
爷爷端着饭碗斜倚着门框
依然黑亮
院子里的老榆树
没有鸽子飞起

这是最后一个傍晚
我把门口挂着的目光
——收拢
让没有气力的尘土
安宁

夜里打开门闩

无垠的夜晚
透过纸糊的窗棂
昏黄的煤油灯
奶奶摇着纺车

爷爷弯腰绑住裤腿
打开门闩
等候的风涌入

奶奶夜夜纺的线
爷爷挑到城里
他们积攒五间屋的砖瓦

月光
照亮夜行人的远方
路口
纷纷赶路的行人
猫头鹰与谁的脚步共鸣？
从白杨树上飞起

二　爷

二爷走后
向东的三间屋
渐渐倒塌
没有继嗣的家

掉落在地

椽子搭在谁家的屋梁
旧土添了谁家的新宅

院里一棵桑树还在
每年干硬的枝条结着紫色的桑子
隔墙伸到我家的屋顶

是谁的目光在这里

有时　我拉上窗帘
或者关上一盏灯
一个上午或几天
在一间屋内沉静

想让我的思绪聚拢
有时像过一个通道口
看见了
却无法到达

睡梦里

目光逃离
在那里看到的陌生人的脸
各种形态

或许
看到天上的目光
只是寄放在我的身上
多年以后才回应

夜　　醒

听到母亲
添加炭火的声音

推开门
夜吹着风
刮进谁家院落
夜里的景色谁人看
灯光
等待何人
树影
挡住风的去向

孤寂地摇
月亮　那一束光
谁抬起头沉默

夜伸向黎明
梦里母亲添加炭火的声音
听得真切
是老屋传来的吗

夜里的事
母亲模模糊糊记不清

遥远的黎明
几只白鹅伸长脖颈追逐门外的脚步
母亲拉风箱声
响起

老　井

儿时井里已打不出一桶水
只是祖母担心我掉下去
整日说着

清晨寻食而归的鸽子落在院里
它们在上空飞旋
看着祖父走下井台

祖父在想什么
绳索摇动
木桶碰击水面
辘轳转动
一个梦
让一口枯井守着

祖父走后多年
我回到老家
尘土落叶填满了老井
井边的老槐树只剩下枯死的树墩

淑　　红

淑红
我们应该在夏天相见
一天的时间

我们可以在村西的土路上
赶个来回

说不上哪棵树正在开花
香气被我们闻到

喜鹊拖着长尾
从一棵树窜到另一棵
我们叫它麻衣雀

那时我们没见过玉兰树
能开出丝绸般好看的花朵

在这条路上脱开双把
我们一样能把自行车骑到学校

你那件红色的面包服
让我羡慕到过完年

一首歌在路上来回唱
路边的庄稼地
我们没有留意

年少时
我们道别

这个冬天
我推开你家门
来找你
我们已经和过去对不上
只是让名字唤回记忆

在没有炉火的屋
两杯水在寒凉里
冒着稀薄的热气
我们坐成九十度
看热气散开
不用在对视的目光里寻找

年少离开的我们
杳无音信
我们聊一些后来陌生的事
我们的孩子比离开时的我们
都高出许多

想逆着时光看看

我们的亲密和欢乐

你说　我送你的日记本还在
我在想　你给我的铅笔盒
后来的下落

没有炉火的冬天
村庄的傍晚没有炊烟
我们在高墙外
道别
拐弯处看见你还在站立

淑红
下次　天热时来找你
在村子里看看
年少时开花的老槐树

瓦　　罐

五个青灰的瓦罐
放在西墙根下
墙阴藏住斑驳垢土

不知是否是祖父烧制
奶奶用它存放过一世的粮

轻轻收起
寄放在别家一间旧屋

告诉我八十岁的父亲
他是欣喜的
那是放在老家最后的器物

可我没有告诉他
还放了一块老屋的青砖
连同瓦罐里的积年黄叶

墙　　土

院中的老榆树
每一年落下榆钱
杂乱地长着

老屋的前墙倒了

我坐在墙垛上
抓起一把土
想带回来
放在祖父的碑前
隔着几千里
离开故土的祖父会不会不安

天空寂静空远
我还是松开了手

续

过去
与我相隔着
像是寄放在别家的瓦罐
而昨夜祖父的两个老碗
已装满
摆放在梦里

第四辑

白杨同学

白 杨 同 学

六 月 以 后

我的祖母相信白天

不相信夜晚

在黑夜执着地守着家

没有人拿走她的陶盆瓦罐

没有老鼠偷吃花生

只是灶房地下埋着两个瓦缸

装满六月丰收的麦子

白 杨 同 学

1

白杨　你向北走

我向南

总有一席之地让我们相聚

或者　你在南边等着

我自己

像一封信

坐着绿皮火车

呈现在你的面前

铺开一页信纸

你和我面对面

不用回信

也下用去邮筒里投递

积攒的后来

一通电话都说了出去

可是　我们的声音盖不上邮戳

我想在一个晴好的傍晚

霞光落入另一个空间

归林的鸟鸣叫过

关起屋门

安静地写一封信给你

几片杨树叶的影子落在纸上摆动

写一写

岁月拿不走我们在一起的快乐

2

你摇一下

我摇一下

约好同一时间一起放风筝

同一股风吹起我的风筝

才吹到你那里

当两只风筝飘起

我们相隔千里

仰头看

只要有风　我们就去放风筝好吗

沉默　白杨

我们都是手握风筝线的人

你往北走

我往南跑

我们会离得近一些

晃晃风筝线

风筝会像鸟一样扇动翅膀

你看蓝天之上

和你天空中飞的风筝一样

3

我们已沉默许久

不过

我们不寂寞

雪触破天空

飘落

接起几片雪花

暖热它

渗浸在我的手心

一场雪

落下我们想说一个冬天的话

送你的那件棉衣
藏着我的心思
以后的下雪天
就不用再对我说寒冷

4

二零一六年十月六日
白杨　我听到楼下有人喊
你发来的一封电报

那天给你回信
骑着五羊自行车到邮局
路两边都是老榆树
一路树荫有些凉快
十月　老街的路边没有盛开的花
我把信投到邮局门口的邮筒

二十五年后　你把那封回信发给我
过去的日子里
那日便有了清晰的底稿
天气好阳光明艳
连同牵挂都写在信上

你一直收着
你发给我的电报
放在毕业提回的箱子里

白杨
星星的亮渐渐隐在黎明
零下十五摄氏度
在冬日不算冷的一天
翻开旧相册
想看看那时我们的样子

一　碗　醋

母亲交给她一分钱
去醋房打醋
端着一碗醋
被熟悉的路绊倒
碗摔成了两半
醋洒入尘土
影子也跟着缩成了一团
一起放声大哭
等着醋味散去

一根柳条带着母亲的责骂

落在身上

后来

她的疼　背负着母亲的痛

落在她漫长的一生

父　女

父亲在她一岁时

像一粒种子一样埋进土地

一年过去

她知道了

埋在地里的人不会发芽

土堆长满草

夕阳里她总是憧憬着

草根已经和父亲生长在一起

她把头深深地埋进荒草

感受父亲的抚摸

这天

她也埋进土里

在她少小离家的故土

那些生长了近一个世纪的草

根伸不到这里

父亲也认不出她

马 莉 同 学

走近你

巴音布鲁克草原的太阳还没有升起

牧人和他的羊群在草原深处逐渐模糊

拥抱你

过去的时光被打开

你把守的那些旧事

排列成行

我们如同一支支射出去的箭

返回时把弓弦拉满

马莉

我们去博斯腾湖

霞光落在水面

鱼儿沉在水底

不打扰我们的目光

傍晚的湖是另一个天空

远远的我们在波光粼粼的湖水中游荡

看向你

我们就停留在此时

朦朦胧胧

不用数　我们划起多少波浪

我们要到那个漩涡里去

自由的迷失

在夜晚的寂静里

只听桨划水的声音

你看到了吗

水中的月　随着我们的船起伏

叶子上的虫　是否做着梦落入水中

迷茫地游着　爬上另一棵芦苇

月光里激起的水花

在冬日把它们包裹进春天

微笑漫过眉梢

片刻让我们回到了从前
你腰间的长辫
如眼前的芦苇荡
在夜色里摇摆

我们约好
去看看校园里的榆树
回想起树荫下说过的话
是否同枝干一起生长

夜里我们会不会做同样的梦
在老榆树的年轮里摆渡

花　　妮

那么偏远的村庄
顺着向南的路
连接着另一个村庄

你爬上一棵树想看更远的地方
可眼里是另一棵树
天空中一架飞机飞过去

你告诉奶奶
要坐着火车嫁到远方

相　　见

雪下得很小
我低头走路

有人抱住我
抬头惊喜
我们不期而遇在这个地方

仰起脸的一刻
她俏丽的女儿说道
妈妈像是要哭了

岁月不曾改变
那双二十年前的目光
沉在心底仍是青春的模样

她向东
我向西

回头
她们还在我的视线中前行

路　　途

坐着火车
赶着去见你

阳光照在我左侧的脸上
轨道的两侧
庄稼也赶往秋天

倚着车窗　睡去
醒来　太阳已到车顶
在昏暗中看着绿色的土地

路在拐弯
阳光照进车厢
对面的女孩
面无表情地睡着

见面后
你坐另一列火车

我还要返程

始终　这一天时间
在路途中
你我都是彼此的站台

十二勇士

宽阔的脸庞　高起的颧骨
战马的前蹄还没有落下
他们从远方归来
停留的地方
是故土
前行姿态里的情绪
是永恒

风向南
刮了一天
风是从哪边的山口来
是谁的呐喊声
落入他们的口中

小　孩

趁别人在睡觉
她同猫一起出去
到自己的欢快里
从白天到黑夜
在她眼里都是一样
一点光亮就可以到达
玩耍的小孩
终被找回到大人的目光里

陌　生　人

走在同一条路上的人
你在左　我在右
我们从老槐树下经过
中间隔着岁月
谁也没有看谁

我看见你的白发

待你迎面而来
从我的目光里路过
瞳仁里看不清
你走过多少路途

白发
挂在鬓角
似冬日晌午
榆树上的霜雪

牛郎与织女

1

我和奶奶坐在屋顶
看夜空里的牛郎织女星
月光皎洁
奶奶穿着白色粗布汗衫

离开了故乡
在夜空中迷失方向
梦在异乡迷失

2

树与风相衬
枝与影虚实晃动

人来人往
接住一片落叶
插入辫梢
绿意纷纷扰扰

3

站在屋前台阶
夜空一颗流星滑落

第五辑

九月的村庄

九月的村庄

云

蔚蓝的天空从东边飘来一朵云
母亲抬头看去
说像一棵向日葵

村　　口

月亮到大门口巴望
如果路有感知

不熟悉我的脚步声
只是来了一个外乡人
在它记忆最深处
哪年来过

院　　子

兔子隐藏在苹果园
白鹅吃着树下的杂草
狗昼夜守护着院子
三只猫看守老鼠
它们熟知院子角落的事

月亮的热情被日渐圆润的身子拖住
沉默地走着
星星　小黑惧怕月亮
跟在我们身后
拘谨的没有声音

果树上有十几个红透的海棠
是母亲留给我们的

母鸡孵着鹅蛋

母鸡闹窝
二嫂放了五个鹅蛋
二十八天后
小鹅破壳
二嫂边说边扇动她的胳膊
像小鹅一样

收　鸡　蛋

从鸡窝收回四个鸡蛋
久违的欢喜　像回到小时候
母鸡卧着　我在边上蹲着
瞅着鸡蛋落地
等不得母鸡咯咯叫
一枚温热的鸡蛋握在手里

菜　地　里

霜降来临
菜地里的生长停止了
落秧的南瓜
老鼠咬出瓜子
做了最后的洞藏

南　　瓜

每年母亲选好南瓜绑上红绳
留作种子

赶着节气
母亲在木架下种上南瓜
太阳跟在身旁

扯开秧
开出明艳橘色的花
蜜蜂蝴蝶开始授粉
从一朵花

落在另一朵花上

结瓜时
母亲见到
南瓜超出原生的体量生长着
是蜜蜂　是蝴蝶
还是夜里的哪场风
传错了粉

惊叹声在秋天里响起
母亲说
种子种下地
呈现怎样的光景
那是它们自己的事

在　路　上

老渠边的草
有的开花有的结子
山坡农户院子里
果子落了一地
一个农民

割墙外路边的杂草
拖拉机犁山坡上的地
开着黄色的油菜花
瞬间被翻入地里

一块麦地
遗落的麦穗长成麦苗
一个人赶着九只羊回家

老人推着小孩走
一样的时光　一样的路上
一个老去　一个成长

草　木　间

霜冻是一道门
草木终是越不过

雪开始松动
根脉感觉到大地的温热
万物在同一时节涌动

根茎里的力量被打开
新的生长开始了

眼前的天山

一棵茂密的老榆树挡住视线
若是爬到左边的坡上
天山看得会更清楚

村庄升起的炊烟
山上显露的白雪
孤独于世

面对着天山
沉默延续到梦里
是崖边飞起的山鹰

太阳透过白云
山上的积雪
沿着千年古渠
流过村庄

我舀上一碗天山水
坐在桥头喝下

守 村 渠

渠很深
脚印踩出阶梯

村民怀揣心思坐在渠边
狗下去洗澡
不可言喻的秘密
在渠水里流淌

天山屹立于此
自己找出一条出路

老 人

郭家九十六岁的老母亲故去
她在这个村庄一生的事
告诉孙子春才

后　记

只能在这个地方徘徊

进入它们太深而打扰了它们

我站在南瓜秧前

惊起一只蜜蜂

错落了花朵

第六辑

夜空在下雪

夜空在下雪

等　雪

我要在一个下雪天去看你
旷野里你看大雁疾飞而过
天空的云在聚集
太阳有些清冷
是否带出雪的气息
现在还有些早
等寒冷冻结天空
落到地面
剩余半生的路

我们在落雪时走一次

什么也不用说
雪落在我们的身上
迎面而来的牧人扬起鞭子
我们和羊群一样加快脚步
沿着彼此走过的路

风一路刮
随着羊群向西
不知要走多远
才能从雪中走出

脚印在夜里盛满白雪
把我们的影子留下
在这里过冬

我们在四月寻找你

你手中的钥匙已打不开屋门
那一年 钥匙丢了
换了一把锁

不过西墙的院门敞着

下弦的月光
老榆树朝北的枝干
还是斜歪着长
你可以坐在上面

风一次一次刮进院里
或许　几十年的风落在东墙根下
攒下的风和尘土一起
再也没出去
有一股早年的风认得你

灰蒙蒙
四月把忧郁的目光布满
雨滴
是哪朵云的情绪陨落

旋转的风
飘散的灰烬
我们在倾听一种声音
后来南院墙倒塌
老榆树在墙外生长

我们约好

把要说的话

点成一股青烟捎给你

还有带给你的酒

夜里你会大醉一场

今晚的院门整夜开着

你随一股风吹进

羊圈的水槽倒满水

风中的几片叶子落下

今年的春天下了几场雪

山上的野郁金香迟迟没有发芽

这些你是知道的

落雪的榆树林

1

是谁把你放在这里

一棵榆树

一树种子

一场风

铺开了没有界地的生长

2

下过一场雪

走向老榆树林

错过的晨光里

空荡荡

3

放眼　天空沉静在灰色中

我失去方向

太阳的光几时透出

我在沉默中等待

脉搏有一滴远古沉淀的血在跳动

还记得森林里

昼夜交替

每一天我都在寻找

4

鸟鸣声在天空回荡

我也想

飞到最高的树端

听清鸟的歌唱

烟囱冒出的烟

在空中散开

不远处一只狗坐在车辙上

我走入它的地域

叫声回荡

5

心里留出一条路

梦放在那里

无论我从哪里起步

终会到达

百年的老榆树林

转换着树的寂寞

倾听多少人的脚步

纷纷落下的霜雪是否传着古老的话

它们看着我

从树林中走过

6

四周的农田是庄稼人的收成

7

捧起雪

放入口中　感受冬天的味道

几只野兔在林间觅食

雪后的天空

没有一朵云

8

在雪地

用树枝写下一段情

生长

夜空在下雪

夜晚的梦里

走散在长满青草的山谷

一场梦　寻找出走的一匹马

梦外　落了一夜雪
没有听到落雪声
雪花未在梦中开放

清晨推开屋门
一地白雪
一行脚印

那个披满风雪夜归的人
是否知道
自己是落入大地里的另一场雪

昏黄的路灯
人影被一层一层雪模糊
身后的脚印冻在回家的路上

一场大雪　云聚集多久

它们从秋风中赶来
落时被一阵风
把它们刮到别处
融化在流星里
一起在雪夜滑落

没有人知道天空的事
一场雪
天空的云落尽
思绪不愿被天空的蓝打断

我在听
远处的脚步
是否向我走来

雪　　色

黑夜看向黑夜
黑的沉重落向白雪

目光降落时
让它在梦里下另一场纷纷扬扬的雪
我同叶子一起被埋没
与漫漫冬日融合

在葡萄树下等
让春天爬满棚架

枝叶遮住头顶的阳光

光影斑驳落在身上

黑鸟和小八(狗)对视

它们的话语通过目光传递

我却看不出那只鸟的年龄

黑猫在哪

小八留给它几粒口粮

在一个稀疏飘雪天

走向老榆树林

田野里几只狗在追逐

几行脚印

并不孤单

失约在月下的目光

七月十五日没有抬头看月亮

是不是爱沉重地掉落

扬起的尘土迷了双眼

十四日的午夜

坐在月光里
一阵凉风吹来
风中的叹息声
分不清是哪种花香

有一颗星星在月亮东侧闪烁
白云聚成一条云带
我想的事正向月亮诉说

树上没有鸟在梦里扇动翅膀
桑树和我的呼吸
被过路的风吹走

十五日的月升起时
月光下一道无缝隙的门打开
陈年往事在你们的目光里涌出
而我眼睛看着别处

你们在寻找
我的目光与你们失约在天空

月就要落下
你们把门关上吧

我们在两个相邻的地界
把光阴隔开

清明　夜漫漫

1
把灯关了
屋里笼起的黑夜
向梦走去

从前
一层层挑起
追赶着
向夜深入

2
若不是一场梦
沉睡中度过的夜
便没有记忆
夜给梦一个寄托
谁进入你的梦

3

光亮掀开夜的一角

卷向夜的边缘

水中月鱼在围绕

4

那颗没有隐去的星星还在空中

醒来不再冷漠

打开窗

让天空飘起一只风筝

5

站在夜下

我的目光拥有整个天空

无数的言语

说出来的只给了过去

6

我和奶奶用长杆打枣

提着筐去集市卖

枣树靠着西墙

小时我站在墙头摘枣

奶奶教的歌谣还记得

我也像她一样

慢慢地不再慌乱

带着遗失的空白

又记起多少往事

连奶奶的模样已经不能成像

昨夜的一场雨

清明走远的人

他们的祈愿

更愿意是一夜雨滴落

周边枯黄的草

直白地与一场雨相遇

在他们的注视下

悄然绽放几片叶

哥哥的错乱

逆着光可以看见

光线里爷爷坐着喝茶
穿着蓝粗布对襟衣裳

下雨时
把逝去的爱燃放在火里
风吹起一地灰烬
把思念带走

雨后不久
野郁金香开花
我们看　他们也在看

第七辑

无影的爱　落向何处

无影的爱　落向何处

梦 的 种 子

没有星星没有月光
不带上影子
我想在今夜打开夜的门

一　道　门

你盘膝而坐
在等候何人

咫尺间
遥远的时光已编成一道门
浑然与天地生长在一起
沉默在外的我们
回不去
你抚一首旧曲
让琴弦奏出过去

思念是一杯薄酒

人群中相逢
两个背影
留下越来越长的过去

如同春日融化的积雪
悄无声息地留给
一片草
一棵树

多年前的明眸
落在谁的目光里

潜

谁在日月的那端等你
是否已站立一世
一只长大的狗蹲在路边
眼睛像孩子般盯着

轻轻地走过
感知风的力量
蚂蚁在石子间穿行

留下年轻的模样
让情愫潜在那里
居住

示

一颗心裹着温热
在黑夜
寄放在你身旁

春天抽出一片嫩叶
秋天攀结到你的心头

花　言

1

今夜没有秘密
不会被月光泄露

2

我要在五月开花
蕊已蓄满花香
上弦月已偏西

你窗前的灯光
同月光一起
照亮我
过了今夜我就要开放

太阳还没有升起
头顶那片云还没有游走
那时　我张开橘红色的百合花瓣

第一缕幽香飘向你

是不是有些早
你在沉睡
那就在今夜打开窗
在你的梦外守候

醉

一眼望尽的玉米地接近收获
黑夜无言
一场雪　沉醉了玉米
在酒杯中恍惚
是谁
一言九鼎
向一场大醉走去

一　杯　酒

举起一杯酒
呈给你

让唇边一抹笑漾在杯中
盛放在你心里
我想听
你说出隐藏的话

断　　想

一盏灯在子夜打开
雪亮了
虚无的你闪现
记忆在黑色的空间蔓延

光隐去
那断开的梦　继续
在寒风中相遇
你说
我在听

在文字里道别

1

沿着一条路走下去
这次的终点
是你

2

留不下你
在白雪皑皑的暮色
你的身影在西边的晚霞中模糊

3

我们没有那么长的距离
却让这条路无限延伸

4

写一行文字
守着
或者许久
你看到的
便是那一时的道别

一个人的影像

一只鸟扇动羽翼
在稀疏的枝叶间
寻着一声虫鸣飞去

你在天地间行走
我在你心间停留
拨出一线缝隙
掉落一片光亮
皎洁的月　目眩

一张白纸只有一个人的影像

三十年前的那个下午

能借用一下你的目光吗
我的眼越不过那排白杨树

你就从东边

替我看看
三十年前的那个下午
在篮球场上
我投进多少时光

梦在梦中失落

梦里又做着梦
梦的这头是我
梦的那头在另一个梦中失落

梦中的人
从遥远的过去走向我
我们没有提起旧时光里说过的话

梦与梦交错
留下的影子
在黑夜分不出
你隐蔽在梦的背后
躲藏谁的找寻

梦的空白处

消失在黑夜

连同你一起

谁与星相望

雨依旧下着

你是知道的

火车的汽笛声

在深夜

压碎你梦中的她

窗外谁与星相望

萤火虫的光在雨夜躲藏

月 里 的 梦

月圆时

你看向我

隔着月光

我看见你

人群中你的目光

在夜里守望
到达彼此的眼中

月亮有些模糊
忧伤在那一刻被月光散开

月与夜相守
窗前的月光
与梦里月光重合

伤 情 漫 漫

1

无情的话说出来
聚成一把箭
射出去
一树桃花落尽
此后失忆　若谋面
形同陌路

当初只是用片刻的时间
有了爱

2

爱没有尽头

深情　被封住

爱

在徘徊

积攒的情绪

开始寻找出口

3

爱像是一粒种子

破坏了它的表层

泪水滋养

能否再发芽

4

一双清澈如水的眼里

映出空洞

她恐慌

难道是放在心里的影子

散去

5

记不住你现在的模样

转身

还是初见时

我站在你的目光里

看见你的样子

6

后来的我们

像击起的海浪

涌向大海深处

灰白的天空飞着海鸥

追逐翻卷的海浪

一只红色风筝拖着长长的尾巴

在海的上空像鱼一样遨游

沉寂在岁月里

如同消失的浪花

平静地回归海里

一列火车穿过夜晚

对面的陌生人

和谁一起吃着年夜饭

7

藏在身体里的秘密

从喉咙里出动

一次次逃离

又退回

梦境被入侵

行走在同一条路径上的悲哀

是你的　也是我的

8

抚摸你的胸口

倾听

你的灵魂是否安睡

无形的爱落向何处

梦 的 地 域

想在鸟鸣前醒来
黎明的薄光透过黑夜
落在窗前

听
寒冷聚在大地
脚步踏出的声音
是一生走不出的情结

恍惚从世间出走
向西转向北
去梦醒的早晨
怀揣着渴望
思绪沿着冬日的脚步
在寒风中凛冽

树枝挂满雪花
俯身倾听田野的呼吸
梦在哪里着落
就让我静静地等

归来

正午阳光里

树影铺洒路面

有人过来询问时间

走远　回头

她在等相见的人

潜伏的虫子在沉睡

梦在梦起的境界穿行

在一棵老榆树上休憩

瞭望

失　　落

钥匙在锁孔里转动

门推开四十五度

也许你进得太快

情感像是从脸上拂去

关在门外

晴朗的夜

窗挡住月光
失落的爱在哪里巡游

两　朵　云

灯光里
飞虫萦绕

你向深夜走去
背影与夜融在一起
不借用月光
不借用星光
我看不见你

从黑暗中收回目光
转向黑夜的另一边
走到黎明

我知道太阳缓缓地照在身后
你的欢喜　我的忧愁
是两朵云

沉　默

风吹走浮云
月下
你推门而进
我隔着窗看星星

一个人的不语
成为两个人的沉默

游弋的目光

是谁在黑夜里缭绕
把夜走通
晨光里看出去的目光
是否在游弋
一辆列车行驶
车窗内无表情站立的人
缺一杯四十五度的烧酒

子 夜 独 白

把遥远的雪
安放在胸口
一颗心在雪地奔跑
子夜梦中茫然

坐在田埂
一只野兔跑进晚霞
天空的另一边
太阳正在升起

是否有人
拾起失散的记忆

白雪折射出一道光线
听到歌声从林中传来
记忆编织成席
思绪在寂静中起舞

子夜时分的梦
在清晨醒来
雪后　天空晴朗　没有一朵云

梦 的 语 言

灯光
推开黑夜

伸手触摸天空
与寒冷相握

梦的种子埋进田野
绿扯开雪的沉寂
像一群嘶鸣而过的马
停留

声　色

声色隐蔽在哪

下弦月
只有那颗靠近的星闪烁不变
鸟儿成群飞来

向日葵籽粒已饱满

柳花开时没有去采摘
留下空白

前行　只留下身后记忆
把日子概括在北斗星里
永恒

告　白

想　越来越遥远
扒开岁月
以前在东还是在西

后来
目光
是清澈是杂乱
眼一直替心张望
一场梦
见到那张脸

遇 见 你

遇见你
像一朵浪花历经无数次翻转
涌向大海
背影里　渐行渐远的你

哪一日？
躲进你的梦里重现

门 外

一道门
分明是亲手掩上
像是把前生关在门外

脚步听得真切
是不是用力
把过去碰碎

你与我的节日

一片天空
一席土地

苹果树开满粉色的花
你迎着春的气息而来

我站立在街口
风吹过清幽的香

面向太阳
面向你
问一声　安好

月隐遁于心

日落　月未明
夜阴沉　醉朦胧
归期是否有期

干枯的花呈现最后的姿态
今夜月隐遁于心

无　题

路上的行人　影子重叠
思念
走失在身后
那些年骑着自行车
路很长
成熟的果子
在一个深秋
压弯整棵树

第八辑

夜晚亮着的那盏灯

微信扫码

○ 诗词灵感
○ 美丽新疆
○ 图书文创
○ 书香新疆

夜晚亮着的那盏灯

我 看 见

我看见
太阳没有升起
地平线下的光
已把世间照得通亮

天 空 日 记

1

今晚打开一扇窗

让月光照进来
纵有千言
让风去传

2

太阳
在傍晚暗淡
赶不到夜的天空
月亮皎洁
被星辰簇拥

星星是否被月亮掌控
散发着一样的光

3

我们说话时
门口的榆树还小
榆树越过屋顶
那句话还在你的心里默念

4

从母亲的眼中看不到光亮
我想在她的目光背后走一走

打开窗

把雨滴声放进来

叙说天空的事

纷乱的听一听

夜晚亮着的那盏灯

夜深

院落人静

枝与叶的晃动包裹夜晚

那浅浅的光

是天空中的月

闪动的星

如同梦一样

虚幻缥缈

它们离我很远

一盏灯

透过玻璃窗

走进院门
一抬眼
家就在光的后面

幸 福 的 路

一只鸟落在树梢
或者　一群蚂蚁正在我站立的地方睡着

你渐渐远去
背影与天地重合

多厚重的雾才能遮住晚霞
一场盛大的道别
黯淡无光

鸟在眺望
是另一只鸟飞来的方向
看得出目光忧郁
它在我眼前盘旋
是否我是它们眼中跌落的一只鸟

村外的老鼠
麦田是它们的村庄
有人在季节里替它们耕作
它们仰面
谈着不像它们的我们

昼夜张望
麦谷的香从哪里刮来

打探者已出行
一场迁徙
它们笃信

不用远行
晃动树枝落下的霜雪
与春日飘落的梨花
一样缤纷

约好同一时刻
到旷野里辨识雪地是谁的印迹

新 年 辞

从黑夜苏醒

太阳照亮我们

也照亮我们的心事

新的一天把我们推进年里

哪件事在此时想起

闭上眼想回到过去

冻结在冬日的脚印

守望那天我们走过的路

放在除夕的事

与爆竹声一起

今夜我要沉沉睡去

让饱满的祝福

掀动你心里的一粒种子

埋了多年话

再大声说一遍

让它们排列成行

到郊外去回顾

牛和我做同样的梦

去村外的路上走一走

遇见相识的人

它同影子站一起

慢慢等我说话

有些事已忘记

就让我们在新一年里遇到另一些事

阳光下的生活

树田里堆着雪

没有人数下了几场

冬天下不完的雪

春天会接着下

树枝发芽

门前果树上风干的果子

纷纷落地

初生的绿

让人的心饱满起来

牵牛花沿着老榆树攀爬

晨光中鸟巢开满粉红色的花朵

浮动的空气

多少呼吸吐露

你走过的路

悬成一条墨线

老人吹起年轻时的曲子

阵阵春风

飘着光的组合

站在田地

苍穹间

多少人的浮想像云飘过

星　期　四

阳光下

牛吃着草

公鸡打鸣

母鸡啄着小石子

羊在圈里

马靠墙而憩

小麦翠绿

垛起的玉米秆

牛咀嚼一个冬天

走进小村庄

牛抬头停下吃草

公鸡的叫声从哪家传来

远处一台收割机在玉米田

放牧人牵着马从身旁走过

我们相视一笑

风在阳光里吹

黄叶

向深秋落去

院子里的黑狗

粗吠声从喉咙进出

蓄势地看着进入村庄的人

窗里的目光

邻居正站在窗前
她在看放学回家的孩子

记不清多少次我向窗外望去
身后桌子上摆着饭菜

看到孩子回家的身影
打开门
结束目光的等候

度　　日

我不知道
岁月的方向
从日出到日落
是离家的去向
以后的路有多远
走多久才明白

我想的事会有结果

终会在哪年
午后暖暖阳光里
还是坐在陈旧暗红的桌椅旁
而我忘记当初的梦想
追忆
流光无痕
也许思想停留在向往里
未走出
也许是在路途中
未到达

追溯着双向时光
循着各不相同的始与末

清晨跟随阳光远行
思绪不能挡住远眺的目光
我把一切收入眼底
看到路的尽头

冬日想着那只黑色鸟
明年春天依旧会回来

在菜园随意啄食

屋内留住的蜘蛛
时常看它在结网
也许它也看着我

无际的生活
给我太多留白
我便在留白里度日

遥远有多远

看见路边院门的环
古铜的亮
听门环的碰撞声
触摸的一瞬间
风推开这扇虚掩的门

没有一个人
一只蝴蝶
落在紫色的花瓣上

大雁一群接一群地飞过
我跟随雁的影子离开秋天

遥远有多远

踩着向往已久的足迹
到帕米尔高原的顶
我要留宿一夜
感知万年的混沌
与黎明一起等日出

从那扇打开的窗听鸟鸣叫

我的黎明被鸟叫声撩开

黑色的眼睛
黑色的羽毛
融在黑夜里

圈住的鸽子
从窗口回应鸟儿的叫
它们知道整个夜的秘密

夜在鸟的叫声中渐渐轻薄
慌乱终止夜的浮生

它们的话我听不懂
也许两只鸟
向孤独的鸽子传递慰藉
没有属于自由地飞翔

天还没有亮
而我怯懦地不敢声张

静

两千年的时光
目光与古城相遇
一个人
坐在城墙下

有一刻
臆想脱开身
归荡千年的声

被听见

拍拍坚实的城墙
落入手中的尘
从南走到北
把千年古道走通

一场风
隐藏的最后一粒尘土
被刮走
旷远的心向着前方
呼喊

那只飞走的鸟

窗外树枝站着一只鸟
它和我一样
高楼遮住视野
一双高飞远走的翅膀
我沉重的心
它载负不动

推开窗
把我的眼神传递出去
落在它的眼中
虚与实的转换
就在展翅的一瞬间
行迹划过下雪的天空

我在你的身后

你走过的路
我在走
向南向北的行人不断

前方向北
一路同行

第九辑

太阳明艳　在云端

太阳明艳 在云端

十月的声音

爷爷把果子摘下来
从果树下传来
稚嫩的声
这是十月的声音

我家乡的大峡谷

我在峡谷边行走
紫色的花香 越过沟壑

远处被雪覆盖的天山

晴朗的下午显得通亮

山把白雪升到天空

与云相接

厚重到轻薄

似是把浮云拽着

一动不动

宁静被谁打破

坡上的郁金香

雨后破土的蘑菇

一只褐色的虫飞过峡谷

千百万年有多远

冬日有星星的夜晚

寒冷稍去

雪渐渐融化

扯开大地

多少年后

河水平静地流淌

干涸的痕迹成为一条路

车辆沿着弯曲行驶

石头上橘色的苔藓
远古的根脉深深地埋藏

梦里告诉我一个荒古
只有两个字
又被黑夜埋没

等待！
一场雨
一场风
把天山吹得清晰

正是红柳花开

初夏的热让人不安
枝叶留下昨夜生长的痕迹

粉红色的红柳花储满枝条
黄缠绕上苦豆子
凌乱的不知道根在哪里

慢走的老黄牛没回头
静静地让出路来

起伏的山连绵着天空
树木生长着时间的年轮
绿　越过山谷到达山顶

鹰展开双翅在头顶盘旋
飘来的乌云　影子映在山坡上
他们说山上天小
有团浓云就会下一场雨

站在山顶
你看的远方
与我看的
并不一样

白天盛大的绿
黑夜下
沉浮在一片寂寞中

你说

错过了绿色的麦田
我说
想坐在山顶看一夜的星星

太阳明艳　在云端

光被挡在云的另一端
一场雨
浓云落尽
相见时的喜悦
被延时

隔着窗
在一个陌生的城市
闻不出空气是什么味道

一只被雨水打湿翅膀的鸟
躲在树叶下

光一点一点透过灰暗
暖热一片云
把雨带走

天边的蓝是一道分界

光映出天空的颜色

在另一个天空

星星在银色的月光里闪烁

树枝在天空中伸展

惊得一只鸟飞向空中

晴朗有风的四月

找一片天空放一只风筝

没有看清一朵花开

一行脚步

在黎明前的夜里回响

一个人独自走过来

隔着夜空的星

滑落在南边的树梢

还有什么被遗落

路被分隔

我会分隔到谁的眼神里
匆忙地把路走得更远

鸽子在天空翱翔
你默默地站在路的那端
是否有一句话
没有说

整个秋天
我与草木相处
孤独固守
没有看清一朵花开

一碗粉色刺玫花曲曲

麦子没过膝盖
麦浪向山坡驶去
飘动的还有条红色的裙
小牛挣脱缰绳追逐

树林传出布谷鸟的叫声
看不清鸟的样子

藏在叶下的虫
悄无声息地张望

爬在刺玫花上的蚂蚁
有些忧伤
蜜蜂木讷地在蕊上嗡鸣

奶牛站在山坡上
黑色的瞳仁映着远山
散出的花香飘过
连同风一起吸入

一双灵巧的手采摘
花与面
在水与火相融的气息中呈现
味蕾中绽放粉色的花朵
那一刻　我懂得

寄　语

光在移动
标记黑夜白昼

行迹留在时钟里

今天
给自己布置好一个心场
摆放一束阳光

默在心里的祝福
随着一场雪送出
你的远
在我这里

天空的远
被灰蒙的云气压着
是不是一场雪
在赶来的路上

杨树枝头落了一只鸟
它的叫声
是独语还是歌唱
一切都在等候一场雪的到来
节日里安静的院子
小八(狗)放纵地吼叫
隔着窗有人张望

寒冷在收缩
为一场雪的到来
一个骑三轮车的男人
在野外的路上
怎样隆重的日子
抵得住寒冷的风

冬日蝎子莲
绿　使尽全力开满粉色的花
母亲坐在窗边
等着我推门而入

胡杨　秋叶

是从哪里刮来

尘土　树叶
在眼前起落
风吹散了风的痕迹
落叶纷纷

一个脚步覆盖一片叶

被另一股风吹走

阳光把秋留在胡杨间

从叶里黄透

在纵伸的树枝上旋转

带着秋的意

秋的光

一闪 一闪

古老的河道

羊群踏起尘土

毡房探出头的小姑娘

怯怯地一瞥

让我摘下一片胡杨叶

把千百年的秋

握住

童年的天空

我们背着书包

来到麦田

揪着饱满的青麦穗

架在树枝上点燃

烟火把欢笑带到童年的天空

时过境迁

围拢的伙伴早已散去

纵有一颗心

味难寻

月下静坐

夜色是干净的浅蓝

皓月在云中飘浮

多少人像我一样抬起头

把目光引入月色

星星隐没

树的繁华落尽

坐在葡萄架下

枝条挣脱而出

春沿着嫩绿伸展

黑色的鸟儿

在我的面前鸣叫
狗的吠声远近传着

傍晚在屋内的我
没有看到西沉的霞光

山 村 的 昼

山坡的庄稼收回
羊在空旷的地里吃草
谁家的羊群走失
叫喊声回响

村庄沿坡而上
院子坐落在缓坡处
一条老渠
天山的雪水流淌

村头的公鸡打鸣
回应声响起
此刻村庄是它们的

犁过的坡地在晾晒

霜打过的绿叶

挂在枝头

山坡阴面的沟底

一层薄薄的雪

天山在眼前

松树连绵成一堵墙

山的那边是否有人

像我一样张望

山上传来放羊人的吆喝

我在这里等他

一同走回暮色中的村庄

夜就要来

正 月 十 五

太阳西落

月已升起

人们仍行走在节日里

站在临街的果树下
眼前走过的人
你的幸福是否和我一样
正在那里编织

身后的两个人在说春天耕种的事
雪地里鞭炮在响
心中的一块田已播下种

月光托起从前

傍晚几枚果子落下
院子里的小狗听见
在西北角看天空

光像钟表一样转动
仅剩的一抹蓝
像夜幕下的一扇窗

要用多大的喊声
才能将鸟儿唤醒
它的鸣叫在夜空里传开

也许天空的深处正刮着一场大风
尘埃飘浮

狗狂吠
在榆树林里追逐野兔
深穴里的蚂蚁已经熟睡

想看今晚的月
让月光托起从前

童年的夜空始终有月色
和奶奶坐在屋顶
夜托着月牙
我们看牛郎织女星
欢悦安抚在心里
悄悄地任谁也看不出

火车发出汽笛声
从小城行驶而过
没有乘客　没有心事

我走入村庄
双脚沾满泥土

月在左田野在右

车轮辗着地面
载着每个人未知的情绪行驶
所有的心思展现在眼里
凝视

进入田野
月的明
星的远
远处闪烁的灯
把世间隔开一角

夜在田地里
看不清远处
秸秆晃动
听着秋风

草结满了子
风会刮走
明年蚁穴长出苦豆草

我闯入树林的梦里

听到一声虫叫

细听没有动静

我的脚步

是否惊扰了它们的梦

老榆树旁的狗

认出我

我静静地坐下

月在右

田野在左

后　记

两年前忽然有了写诗的冲动，感觉诗在远处，在遥望的山里，在老家，在母亲陈年的絮叨中，在自己孩童时的心里。

于是，在这些地方驻足，捡拾似曾相识的文字，把自己和这些文字放在一起。

这时，感觉诗诠释了不同的语言。带我游荡在一切神往之地，带我在记忆的长河把褪色的往事一一还原，带我去草原和祖先留下气味的村庄畅游，和它们说话。

去年冬天，把《谁在旧情绪里徘徊》这组诗打印出来，拿给父亲、母亲。母亲识字不多，瞅了一会儿，放下。又指着一本刊物上我的名字和诗，她不知道写了什么，却很高兴。几天以后，我问父亲：能看得懂吗？父亲说：那是老家的事，很真实。